T0045473

En el ZOO

Lada Josefa Kratky

NATIONAL GEOGRAPHIC LEARNING | CENGAGE Learning®

Vi dos elefantes.

Vi dos osos.

Vi un oso y un osito.

Vi una iguana.

¡La vi de cerca!

Vi una araña en
su telaraña.

Vi una urraca.

Estaba en una rama.

¡Vi un monito
tan chistoso!

¡El monito me saludó a mí!